KB080788

슬픔은 겨우 손톱만큼의 조각

슬픔은 겨우 손톱만큼의 조각

유현아 시집

창비

차
례

제 1 부

멀리 빛들이 찾아오면

오늘의 달력

어제의 꿈을 오늘도 꾸었다

아무도 위로할 수 없는 절망의 바닥을 보았다
바닥 밑에 희망이 우글우글 숨어 있을 거라고 거짓말했다

한장을 넘겨보아도 똑같은 달의 연속이었다
못 하는 게 없는 것보다 어쨌거나 버티는 게 중요했다
바닥 밑에 바닥, 바닥 밑에 바닥이 있을 뿐이라고

그럼에도 우리는
바닥에 미세한 금들이 소용돌이치는 것을 보았다

바닥의 목소리가 뛰어올라 공중에서 사라질 때까지
당신의 박수 소리가 하늘 끝에서 별처럼 빛날 때까지
오늘도 달력을 넘기는 것이다

우리에게 일어나는 슬픔은 겨우 손톱만큼의 조각

당신의 애인에게서 내일의 꿈을 들었다

안녕과 함께

　초코우유를 손에 들고 계단을 뛰어오르는 쿠팡맨의 등과
마주쳤다

　마음은 마음대로 되지 않는다
　희망을 버리면 희망이 필요해진다
　시원하고 달달한 슬픔이 몰려온다
　혁명은 드레스로부터 온다

　분노에서 포기로, 무기력에서 허무로 소멸하는 계단

　초코우유를 손에 들고 계단을 뛰어내리는 쿠팡맨의 눈동
자와 마주쳤다

　하마터면 뛰어가는 안부에게
　도대체 무슨 일이 있었는지
　말을 걸 뻔했다

식상

출근하지 못해 안달 난 사람처럼 출근한다

오래전 이곳엔 숨어 있을 곳이 많았다
다락이 있었다
창고가 있었다
지하가 있었다
골목이 있었다
단골이 있었다
슬픔이 있었다
거룩이 있었다
네가 있었다

나의 친구들은
절망하기보다 불타오르기를 선언한다
싸움을 준비하면서도 경쟁적으로 노래한다
귀찮은 존재들은 서로 좋아하기 시작한다
망각이 끝나면 자각이 시작된다는 걸 믿는다
폐허 속에 사는 거나 다름없지만
가본 적 없는 곳을 그리워할 수 있다고 주장한다

출근하면서 시를 쓰는 일은
저항을 담보로 앞으로 나아가는 것이라고 읊조린다
길었던 여름비는 낱말을 뿌리고 거짓말을 몰고 간다
투쟁할 수 없으면 타협하면 된다는 농담을 주고받는다

나의 출근은 지나치게 긍정적인 우울로 멈칫거리고 있다

반쪼가리 태양

집들은 휘청거리는 언덕길에 빼곡하게 풀칠되어 있고
어떻게 뜯어낼까 고민인 깃발들이 펄럭이고 있다

겨울 한동안 깃발들 은덕으로 연탄이 배달되었고
배달되지 않은 집들 근처에는 잿빛 달이 떠다녔다

고양이가 슬레이트 지붕 위에서 새끼를 낳고 있다

찬성과 반대의 깃발들이 서로 골목을 등지고

앞집 남자는 손바닥만 한 창유리를 박살 내버렸다
남자의 아내는 하나뿐인 쪽문을 망치로 부숴버렸다

깃발들이 쳐들어와 부수기 전에 스스로 부숴버리겠다 말
했다

해는 조각조각 나뉘어 더이상 올라올 힘이 없는 동네

찬성과 반대의 깃발들이 달아나려고 틈틈이 리어카를

노리고

부부의 유일한 리어카에는 그을린 태양이 실려 있다

어느 지긋지긋한 날의 행복

아프다는 핑계로 결근을 하고
책상에서 나와 함께 통증이 사라졌을 때

갈 곳 없어진 통증은
날마다

내 머리맡 가려운 시간에도
보글거리는 싱크대 설거지통에도
악다구니 쓰는 아래층 여자에게도
우리 집 고양이의 고요한 잠 속에도

숨어 자라나다가

환상이라는 것이 생겨났을 때 행복하게 찾아오네

저녁이 사라진 삶에 야경은 전등의 통증들
용서를 선물할 때쯤 찾아오는 눈물의 통증들
벽을 보고 말라 죽을 거라는 애인은 불안의 통증들
엎드려 희망을 이야기하는 우울의 통증들

침묵이 태어나는 새벽 근처에서
태양이 명멸을 기다리며 서성거릴 때
통증은 그제야 보란 듯 책상 한가운데
나와 함께 앉아 있네

지긋지긋한 나날들의 행복은 통증과 함께 찾아오네

어쩌다 버스 정류장

간판을 수시로 바꿔 달던 상가의 지붕들은 불빛 대신 달빛을 머금고
꼬리가 뭉툭한 단골 고양이는 일정한 시간에 만나던 손을 찾아 두리번거리고
머리카락 휘날리며 달리던 오토바이 배달 소년은 어딘가로 사라지고
조는 날이 더 많던 갈빗집 사장님은 유리문에 ×를 끊임없이 긋고 있는

아파트 그림자는 거대한 괴물의 식탐처럼 낮은 지붕의 가게들을 집어삼키고
공가 딱지가 붙은 가게의 벽들은 날개를 펼치며 기하급수적으로 복제되고 있다

나의 단골 가게들이 하나둘 서서히 땅속으로 꺼지고 있다
어둠이 각질처럼 켜켜이 쌓여 있는 버스 정류장에서
낯선 동네의 이방인처럼 버스를 기다린다

사라진 동네의 버스 정류장은 어정쩡하게 흔들리고

익숙한 손을 기다리던 고양이는 터덜터덜 어둠을 횡단하
고 있다

오랫동안 다정했던 동네가 그곳에 있었다

토요일에도 일해요

아직도 토요일에 일하는 곳이 있어요?
라는 질문에 대답해야만 했어요

계절을 앞서가며 미싱을 밟지만 생활은 계절을 앞서가지
못했지요

어느 계절에나 계절 앞에 선 그 사람이 있어요
숙녀복 만들 때에도, 신사복 만들 때에도, 어린이복 만들
때에도
익숙한 손가락은 미싱 바늘을 타고 부드럽게 움직였어요

단 한번도 자기 옷이라 생각하지 않았다고 해요

여름엔 에어컨을 틀기 위해, 겨울엔 난방기를 틀기 위해
창문을 닫았어요
떠다니는 실밥과 먼지와 통증 들은 온전히 열려 있는 창
문 같은 입으로 들어갔어요

바늘로 찌르는 것 같은 통증이 그의 몸 여기저기서 튀어

나왔고

　가끔은 미싱 바늘이 검지를 뚫고 지나가는 경우도 있었다
고 해요

　일요일이 즐겁기 위해 토요일에 일해요,라고 대답했어요
　끝에는 끝이 없었다고 답하고 싶었지만

　공장은 사라진 것이 아니라 숨어 있어 안 보일 뿐이에요
　익숙하지 않은 토요일의 무게감에 갇혀 있는 것 같아요

　그러면 우리는 어떻게 해야 할까
　씩씩하게 명랑하게 아픔을 이야기하는 그의 입 앞에서

웅크린 집

날이 밝으면 사라지는 집들이 있다고 했다
몰라서 하는 소문들을 주워 담고 있다는데

사라지는 것이 아니라 웅크리는 것뿐이다
가로등이 비출 때에만 출몰하는 집일 뿐이다
밤사이 제 역할을 다하고 사라지는 집일 뿐이다

웅크린 집들이 있다
점선처럼 이어진 집 안에는 웅크린 채 잠이 드는 사람들
이 있다
멀리 빛들이 찾아오면 행여 자신들의 몸이 비칠까
세울 가시도 사라져버린 고슴도치처럼 웅크려 있다

웅크린 집에 대해 이야기하는 것은 조심스러울 때도 있다
가령

뚱뚱한 몸을 등에 지고 책가방이 가파른 골목을 오른다
조금 더 웅크려야 집을 찾을 수 있다
그림자도 힘겨운 숨을 참으며 오르고

아무도 저 산 아래 집이 웅크려 있다고 생각하지 않는 밤
뚱뚱한 책가방은 헐떡거리며 완벽한 미래를 기다린다
사라지는 수로처럼 보이는 골목들을 지나
미로 같은 집들을 지나 건널목을 건너면 아파트가 기다리
기도 하지만

뚱뚱한 책가방에게 기대란 부질없다는 것을
웅크린 집은 알려줄 것이다

늦은 햇빛이 죽자고 덤벼들 때 눈을 감는 것처럼
웅크린 집은 햇빛 바깥으로 사라진다

소풍

꼭대기로 소풍 가요
우리가 딛고 걷는 바닥은 아무 데도 없거든요
저기 교묘하게 죽어 있는 바닥들이 보이잖아요
우리의 바닥들은 바닥을 치고 위로 더 위로 올라가죠

이제 혁명의 노래도 위로 올려 보내요
이제 투쟁의 기다림도 위로 올려 보내요
이제 죽음의 상징 따위도 위로 올려 보내요
정교하지 못한 거짓말들도 위로 올려 보내요
위로 위로 올라가다보면 그곳에
어처구니없는 이유들이 기다리고 있겠지요

그 위에 아마도 펄럭이는 사람들이 있을 거예요
목소리들이 붙잡고 있는 깃발들이 있을 거예요
그 속에 바닥에서 올라온 것들이 숨어 있을 거예요
올라간 것들은 이제 내려오지 않을지도 몰라요
울음을 위로하는 시간만큼 견딘다면 혹시 모를까

의문투성이 위로가 필요한 때

아니면 바닥의 가장자리가 닳을 즈음 내려올지도

그러니 우리 이제 바닥을 치고 꼭대기로 소풍 가요

당고개역 2번 출구로 나오세요

간신히 살아 있는 골목에는 실눈을 뜨고 자세히 보아야 보이는 것들이 있어

새벽 공공근로 나가는 여자의 뒷머리채를 잡고 흔드는 남자의 흐느끼는 눈빛이라든가

더 멀리 진격하기 위해 앞발을 모아 힘을 당기는 그림자의 긴 발톱이라든가

누군가 물을 주고 있을 숨은 곰팡이에 대한 내력이라든가

직선으로만 난 좁다란 골목은 펼 수 없는 것들이 많아

비가 오면 우산을 펼 수 없어 실망에 겨운 당신이 지나칠 수가 없어

마주 오는 사람의 어깨를 펼 수 없어 감정의 나비들이 날아갈 수가 없어

문자를 보낼 수도 없어 도착한 바람들을 펼 수가 없어

심심한 저녁이 몰려드는 그곳은 불안한 과거가 먼지처럼 날리고 있어

지탱할 수 있는 건 골목을 에워싸고 있는 낮은 이야기들

그나마 지켜낼 수 있는 지루한 이야기들은 이제 많지 않아

손바닥만 한 창문에 붙은 먼지들을 안아줄 수도 없어
월동 준비를 하는 비닐들의 속삭임도 들어줄 수 없어
이리저리 차이는 한낮의 햇빛들도 신경 쓰고 싶지 않아

다만 그 골목을 지나고 나면 지붕들 위로 전철이 다니고
있다는 거야

2년

삐딱거리는 지하철 바닥에 모인 신발들

조는 구두들 통화하는 구두들 훔쳐보는 구두들 동동거리는 운동화들 저리 비켜 하이힐들 엉거주춤 슬리퍼들 언제든 잃어버릴 수 있는 신발들이 출근하고 있다

어제는 청소하는 슬리퍼가 그만 나오기로 했어
내일은 헐레벌떡 출근하지 않아도 무심결에 쓰레기를 훔쳐도 좋아
또다른 슬리퍼가 늘 그랬던 것처럼 아무렇지도 않게 청소를 할 거야
주차 관리 하는 운동화도 그만 나오기로 했어
내일은 경비 서는 구두가 주차 관리까지 도와줄 거야 걱정하지 마
사무실을 왔다 갔다 하는 운동화와 슬리퍼는 상관없어
구두들과 운동화들과 슬리퍼들은 또 끼리끼리 뭉쳐 다닐 거야

내일 출근하는 신발들 중 몇몇은 어딘가로 되돌아갈지도

몰라

　조심해 신발들이 사라진 그곳에 맨발로 다니는 가방들이
보일지 몰라

　어쩌면 맨발의 가방끈들이 신발들 대신 일을 할지도 몰라

　814만분의 1* 정도 되는 대단한 가방의 끈일 수 있지

　그러니 사라져버린 구두와 슬리퍼와 운동화의 생사 따윈
몰라도 돼

　한짝씩 굴러다니는 운동화와 슬리퍼와 구두 들은 마주치
지 않기를

* 로또에 당첨될 확률이랄까.

거리의 공무원을 생각하는 일

어느 나라의 공무원이 하는 일은 거리의 가스등을 날마다
켜고 끄는 일이라지
　길게 늘어선 가스등에 하나씩 불을 붙이며 어떤 낭만을
생각하는 일이라지

　희미하게 노란 냄새를 맡아본 적 있니
　노랑을 기억하는 것조차 사치가 되어버린 나라가 있다
는데

　게릴라의 그림자들처럼
　순순히 어둠의 문턱을 뛰어넘는 낭만주의자들을 생각한다

　모두 폐허가 되기 전에 바로잡을 필요가 없는 시간
　어느 나라의 낭만적인 공무원을 꿈꾸는 시간

　그곳에선 어쩌면 조금 더 진지해도 되겠지 조금 더 침묵
해도 되겠지 조금 더 더듬거려도 되겠지 조금 더 울어도 되
겠지 혁명과 사랑에 대해 이야기할 수 있겠지

바람을 어깨에 메고 자신의 이름을 딴 마법 지팡이를 가
지고 있는
가스등 켜는 소리와 그을음 냄새를 간직한 낭만주의자들
이 있는

안개가 내려앉은 축축한 새벽 거리를 슬그머니 걷다보면
간밤의 이야기를 지그시 끄는 공무원을 볼 수 있는 거리
가 있다지

표절

당나귀가 날아다니는
힘센 고함이 춤추고 나약한 현재를 갉아먹는
기묘한 사건이 여기저기 피어 있는

오늘이 마지막 출근이라 인사하러 온 청소 아주머니의 말
처럼
　바닥도 공중도 아닌 어정쩡한 빈 곳에서 마지막을 쓰는 일
　낱말들을 주워 손안에 가득 가둔 다음 두 손을 가차 없이
뻗는 일

　어제의 시간은 뒤집어지고 공간이 생기는 곳에
　구멍 하나 만들어 잠을 자는

제 2 부

숨소리를 따라가던

질문들
광장에서

오늘도 침묵이 침묵처럼 번지고 있다

거짓말들은 모여 거짓말이 되지 않는다

거품처럼 달아난 목소리는 지워진 경계처럼 낯설게 오다 도망친다

저녁이 되면 희미한 빗살무늬 기억이 켜지는 그곳에 치켜 뜬 눈들이 박혀 있다

완벽하게 행복해,라는 대답은 새빨간 비문이다

입에서 수많은 물이 넘쳐흘러 도시를 습하게 만들었다

그날 밤에는 별 모양 하나가 반짝이며 광장의 눈동자 속 으로 들어왔다

울음을 흡수하지 못한 별의 흉터가 하나 있다

질문들
리틀핑거후크 소년이었던 스무살에게

강남대로 짬뽕집에서 아르바이트를 하는 스무살로부터 시작하지 트럼펫을 평생 불고픈 소년이었을 때 손가락들은 트럼펫 밸브에서 떨어질 줄 모르고 춤을 추었지 그게 간당간당한 삶의 절정이라는 걸 몰랐지 상처 입은 스무살의 손등엔 희미한 마크가 음각으로 새겨져 있었지 높은음자리표였는지 물음표였는지 기억나지 않지만 배달을 하고 들어올 때마다 무늬는 바뀌어 있었지 리틀핑거후크에서 상상하던 음들이 튀어나오는 소리가 보였다고 스무살은 눈동자 속 태양을 보여주며 이야기했지 열아홉을 넘어 스무살의 손가락들은 노래의 음을 찾지 못했지 오토바이 핸들을 잡고 손가락들을 움직여봐도 찾고 싶은 길을 찾을 수 없었다고 했지 의미 없는 희망은 손가락 지문 속으로 스며들고 음계는 날아가고 없었지 손님이 남기고 간 면 한가닥으로 높은음자리표를 만들고 손톱으로 꾹꾹 눌러 끊었지 트럼펫을 평생 불고픈 소년이었던 적이 있었지 스무살의 손가락들은 짬뽕을 배달하느라 바삐 움직이기 시작했지 리틀핑거후크에 손을 얹듯 오토바이 핸들을 돌리고 있었지 뜨거운 국물이 흘러 손등에서 사라진 낮은음자리표를 음각으로 빨갛게 새기고 있었지

질문들
매뉴얼 스토리

오늘도 책상 서랍 속 숨어 있는 허기들에 손을 뻗는다
과자들에게 날아가는 질문들

매뉴얼대로 아침 인사를 하고 회의를 한다
매뉴얼대로 팔천원짜리 밥집을 찾으려 이리저리 돈다
매뉴얼대로 친절을 감시하러 감사가 뜨고 눈을 마주치지
않았다는 이유로
매뉴얼대로 감점을 먹었다 배부르다 그러므로 점심값이
굳었다

매뉴얼에 둘러싸여 있는 과자 중 하나를 꺼내 먹는다
매뉴얼의 질문은 계속해서 답을 요구한다

매뉴얼대로 쓰이지 않은 꾸깃꾸깃한 진실의 서류 뭉치들
은 쓰레기통에서 소각된다
퇴근 시간은 매뉴얼에 없다 그러므로 저녁 시간은 한없이
되풀이된다

책상 서랍 속 과자들이 눅눅해진다

매뉴얼대로 답을 찾지 않는 시간 동안 질문들은 과자들을
잡아먹는다

매뉴얼에 의한 매뉴얼을 위한 매뉴얼들의 허기가 책상 위
에 낭자하다

질문들
병맛을 위한 찬가

손을 움켜쥐고 병에서 빠져나오지 않으려 애썼지
오로라가 날아다니는 병 속 세계를 펼치고 싶었지
깔깔거리는 웃음들이 날아다니고 있었지
너는 병맛 스타일로 세계를 제패하는 거지
닌나난나 닌나난나 자장가를 들려주면서 말이야

병맛이라는 단어가 처음 태어났을 때
너는 떠다니는 병맛을 알기 위해 노래를 마시기 시작했지
손을 집어넣었을 때 물컹거리는 단어들을 주워가면서 말
이야

병맛엔 어떤 힘이 있는 거니
왜곡된 청구서 속에서 너는 있는 힘을 다해
마셨던 노래를 화염병처럼 투척하는 거지
그러면 파바바박 노래가 터지는 거지
붉은 마녀가 움켜쥔 병이 심드렁해질 때까지 말이야

그런 구린 스타일을 병 속에 넣는 것은 어울리지 않지만
병맛엔 너의 거룩함을 방해할 맹탕이 숨어 있는 거지

혀를 잃어버린 맛에 대해 이야기할 수는 있다는 말이야

질문들
올지로 3가

내가 울 때 넌 어디 있었니

벽이 최후의 저항자처럼 느닷없이 사라지면
그 속도를 따라가지 못한 울음은
벽이 있던 골목 언저리에서 서성일 것이다

쭈그려 앉아 어깨를 들썩이는 사람이 종종 있다
한낮의 태양은 그림자처럼 어두웠으므로
아무도 보이지 않았다

간밤의 이야기들은 어디론가 달아나버렸다
사라질 것 같은 길에서 하염없이 달리는 사람들이
밤마다 서로의 손바닥을 마주 대었다

이 길은 매듭으로 연결되었다
여름이 다가오고 있었지만
눈이 내리는 골목 몇군데를 지켜보았다

입을 가린 사람들과

말을 멈춘 사람들과
냄새를 흘리는 사람들과
보도블록 틈에 끼인 낱말들을 주워 모았다

꿈을 이야기하지 않았지만
판타지에 대해서는 서로가 끄덕거렸다

네가 올 때 나는 여기에 있었다는 걸

질문들

옹호

어릴 때 놀이터 모래 속에는 마녀들이 산다고 믿었다
때가 되면 땅속에서 움찔거리며 모래를 뚫고 나오는 줄
알았다
나는 그것이 희망이라 생각했다

어느 밤 산꼭대기 한 귀퉁이 고양이 장례식에서 시를 읽
었다
훌쩍거리는 눈물 사이사이 마녀의 웃음소리가 들렸다
나는 그것이 평화라 생각했다

모래알처럼 불빛들이 부서지는 전광판 속에서
숨차게 올랐던 산꼭대기 같은 굴뚝에서
희망과 평화를 걸고 구부러진 잠을 자는 사람들이 있다
똑바로 잠잘 수 없는 시간들이 길어지고 있었다
구부러진 사람들이 한없이 늘어나고 있었다

마녀에게 제발 이제 하늘을 보라고 말해주고 싶었다
희망과 평화는 저 굴뚝 위 사람들이 별처럼 지키고 있다고
태양이 사라진 밤의 길목을 달처럼 내려다보고 있다고

따뜻한 이야기를 전해주던 놀이터와 산꼭대기 마녀는 없다

당신의 슬픔은 드러내지 못한 함성이었지만 모래알처럼 반짝였다

나는 그것을 희망이라 부르고 싶어졌다 평화라 부르고 싶어졌다

질문들
산티아고 순례자에 대한 잡담

한달을 걸어야 끝이 보인다는 어느 나라의 길에 대해
한달 동안 느껴야 하는 발바닥의 물집과 파스 냄새와 코
골이를
길 끝에 막연한 두려움이 창궐해 있을지도 모른다고
다만 그곳에 갈 수 있을까라는 질문에 대해

열달을 일하고 석달을 쉬어야 하는 비정규직 내 친구는
꽉 막힌 골목들을 뚫고 쉼 없이 걷는 작은도서관 순회 사
서인데
열달이 지나면 그곳에 갈 것이라 말했다
석달은 자신에게 투자하겠다고 호언장담했다
저 멀리 말발굽 소리가 서서히 머리 위로 밀려오고 있을 때
친구는 딱딱한 발바닥을 손바닥으로 쓸었다
골목길이 순례길이라고 이야기하는 떨림을 들었다

아타카마사막의 저녁은 흰긴수염고래와 함께 온다고
이 포도는 구리를 캐던 광부가 딴 것이라고
인디오의 눈물은 메말라 응고되어 소금으로
테이블 위에 있는 것이라고

44

말랑말랑한 사막이 내 입속으로 들어오면
그때 그곳에 갈 것이라 말했다
언제 무너져 내릴지 모를 토굴 속에서 바람이 부서지는
소리를 듣다가
내 손가락은 습관처럼 휴대폰 구인 정보 사이트를 훑고
있다

이 모든 말은 바람을 가르며 달려오는 지상의 전철 밑 이
야기
절망이 명함처럼 뿌려져 있는 술집에서
한 사람은 에스파냐의 산티아고에 대해
한 사람은 칠레의 산티아고에 대해
그리고
우리는 산티아고에 가는 한 사람의 낯선 순례자에 대해
이야기했다

질문들
증발된 한 사람에 대한

초등학교 문방구 앞 오락 기계의 하루는 이렇다
능숙한 손이라면 백원 두개로 두어시간은 족히 때울 수
있다
아이들 소리와 함께 서서히 어둠 속으로 사라지는 게 일
상이었다

오늘 오락 기계는 끊임없이 빛을 토해내고 있다
버튼 두개를 쉼 없이 눌러대는 두 손가락은
빠른 탭댄스를 추는 신발 같았다
어둠이 청년의 어깨를 짓누르며 내려앉았다
두 손가락과 함께 알 수 없는 허밍과 함께
또다른 세상 속으로 빨려 들어가고 있었다

두 손가락의 힘은 어디서 오는가
달도 없는 밤 청년의 얼굴을 희미하게 비추는 것은
하나둘씩 켜지는 목련이었다
소리 없는 위로처럼 사선으로 비추고 있다

툭, 툭, 떨어지고 있다

목련이 모두 꺼질 무렵 청년은 한켤레의 신발을 남겨두고
바닥으로 사라졌다 아니 오락 기계 속으로 뛰어들었다
버튼에 청년의 지문이 따뜻하게 새겨져 있다

오랫동안 영어 과외 전단지를 붙이던 청년이었다
나는 농담처럼 흐르는 눈물을 전단지 대신 벽에 붙였다
내일은 목련이 조등처럼 켜질 것이다

질문들
터무니없는 허물과 함께

그는 슬금슬금 등에 지고 있던 허물을 꺼냈다
뱀의 그것보단 상당히 두꺼웠고 황홀한 격자무늬 반짝임
은 없었다

거리와 빌딩과 계단을 스르르 다니려면 허물을 뒤집어써
야 한다
야근한다는 핑계를 대고 늦은 밤까지 몸에 들러붙어 있어
야 한다
아직은 낯선 허물을 뒤집어쓰고 하루 열두시간을 견딘다
가끔 그의 몸에서 나오기 위해 삐걱거리기도 하는
허물을 뒤집어쓴 대가로 건당 팔백원을 받았다
아내한테 터무니없는 월급에 대한 핑계를 대야 하고

그는 허물을 쓰고 견디고자 겨울을 발로 차고 있었다
두 눈 부릅뜨고 지켜보는 눈치들을 피하려
더욱 단단하게 입는다
멋스러운 양복이 굴레였던 적이 있었다
등에 붙은 과장이라는 허물을 벗어버리는 상상을 하곤
했다

48

언제 어디서나 24시간 빠른 배송을 위해 뒤집어쓴
자신도 어디로 배달되었으면 하는 허물이 흐느적거린다
남자의 등에서 시작된
딱딱한 안도감이 바닥에 퍼져 있는 것이 보였다

길가 쓰레기통 옆에는 벗어 던진 허물이 한가득하였다

질문들
청계천 공구 상가 앞에서

바둑판처럼 이어지던 포장마차 대열이 사라짐
토요일에도 백반을 팔던 삼십년 된 청일식당은 토요일 쉼
겨우겨우 돌아가던 기계 소리는 마모된 톱니바퀴처럼 소
멸되고 있음
　누구나 있었지만 아무도 없었다고 함

빨간 목장갑 두짝 가로등 밑에 버티고 있다
장갑을 꼈던 사람이 누구인지 궁금하지 않았다
이야기를 경청하던 사람들도 제각각 사라졌다
그곳에 오래 있기를 거부당했다

일상적인 해고 상태가 지속되었다는 소식을 들었다
월급 주니까 버텨,라는 말을 가장 많이 듣는다

버티고 견디는 것이 일상이 된 사람들 사이에서
남아 있던 기대마저도 사라져버렸으면 했다

사악함이 이쪽으로 온다네,
상처 입은 사람들은 위험해요, 사는 법을 터득했으니까

나는 느낌으로 남고 싶다*

*송상희 「변신 이야기 제16권: 코오라, 플라시오사우르스, 그리고 리바이어던의 사랑 이야기」.

질문들
쓸모없는 시에 대한

일하던 공장에서 느닷없이 쫓겨나 바닥에 앉은 그곳
어색한 점이 되어 쪼그려 앉아 있다
궁금한 눈동자들을 향해 시를 낭독할 차례였는데

시를 읽는다 한들
공장으로 돌아가는 길이 가까워지는 것도 아니고
함께 해고된 내 친구가 돌아오는 것도 아닌데
시를 듣는다 한들
어렴풋한 희망이 되살아나는 것도 아니고
우울의 힘에서 빠져나올 수 있는 것도 아닌데

  태어나서 처음 시를 읽어본다는 그녀가 발그레한 목소리
로 시를 읽네*

  한 문장 한 문장 나비가 되어 쪼그려 앉은 눈동자들 위로
날아다니네
  그렁그렁한 손가락들이 한 단어 한 단어 소중히 훑고 있네
  주먹 쥔 손 끝까지 올려 구호만을 허락하던 그녀의 목소
리가

거리의 바닥을 알프스로 만들고 있네 하이디가 되어 노래
부르네

쓸모없는 시 한편이 여린 눈동자를 흔들며 다정하게 물들
이고 있네
흔들리는 슬픔들이 모여 하늘하늘 공장으로 돌아가는 꿈
을 꾸네

하이디스가 어떤 회사인지 나는 알지 못하는데
알프스 소녀 하이디처럼 시를 읽던 발그레한 목소리만 생
각나네
끈적끈적한 여름 바람이 슬며시 지켜보던 동화면세점 앞
에서였네

* 해고된 하이디스 여성 노동자가 문화제에서 안상학 시인의 「그
  사람은 돌아오고 나는 거기 없었네」를 낭독했다.

질문들
숨소리를 따라가던

안양천을 걸었고 보름달이 떴고 나는 조금 슬펐다
우리의 노동은 소중하지 않았다는 대화를 주고받았다
투명한 햇빛에 반사되어 타들어갔던
검은 슬픔들이 어디에선가 우르르 모여들었다
이 모든 게 결국은 햇빛 때문이라고
모두가 동의했다

   우리의 범죄는 완벽해야 해 그러려면 뛰어야 해 그러면
소리가 들려

   살아 있는 몸에서 가장 마지막으로 떠나는 감각이 청각이
라던데

   듣는 사람이 사라진 사이 너무 많은 말을 하고 있었다

   나의 분노는 정당하다고 소리쳤지만 듣지는 못했다

아주 긴 밤이었다
예술이 세상을 바꿀 수 있다고 믿는 사람의 말을 뿌리쳤다

도망가는 숨소리를 따라가던 마지막 뒷모습을 기억한다

끝이 아니라 암전이었다

제 3 부

날아다니는 꿈

매뉴얼 스토리 2

10-2칸에서
출근을 하기 위해 전철을 기다린다
2-2칸에서
환승을 하기 위해 지하철을 기다린다
지상에서 시작하는 전철을 타고 지하에서 내려야 하는 지
하철을 갈아타고
다시 지상으로

올려다보면 낯선 요새 같은 사무실이다

최선을 다해 밥값을 벌겠다는 사람은 집에 고양이가 있는
사람
이만하면 좋은 환경이잖아

착한 관리자들은 그렇게 하나하나 잡아먹지. 대충 넘어가
고 그래도 월급은 나오니까. 안전 따위는 생각지 않고. 그저
좋게 좋게만 지내려는 사람들에게 둘러싸여

노동의 최전선에서 싸웠다는 희미한 명예만을 가지고 그

저 좋은 사람으로만 남으려는 사람들은 기득권이 되어 그저
착한 사람으로 남으려고 한다

모든 문제를 개인의 갈등으로 치부하면 편하다
이만하면 좋은 환경이잖아

혓바닥을 길게 빼고 여름을 간직한다

우리가 할 수 있는 것은 고작 연대입니다

상강

내 발바닥의 각질은 눈처럼 폴폴 날리고 흩어진 각질들은
이야기로 사라진다
어제는 걷고 걸었다
식탐은 끝 간 데 없이 올라가고 정리된 것은 하나도 없고
입에선 군내가 난다

땅 밑으로 집을 지어 곰팡내 나는 벽지와 함께 살겠지 하
늘로 하늘로 올라가 공중에서 말을 뿌려도 보이지 않지 아
침이 밝아오면 그림자처럼 사라지는 산동네 집들처럼 우리
들의 저항은 보기 힘들지 말수도 적어졌고 불만덩어리라는
소리만 듣지

눈이 올까봐 잠을 자지 않았다
눈을 깜박거리면 이 세계에서 다른 세계로 넘어가는 구름
이나 신경질이 필요했다

열여덟번째 절기마다 우리의 행성으로 돌아가는 꿈을 꾸
었으나

뼈에 대한 예의

벌거벗은 여자들의 구부러진 등이 흐려진 시야 사이로 하
나둘 보이네
닳아 없어진 연골로 허리를 펼 수 없어 등을 열고 뼈를 심
었지만
여전히 구부린 등의 기억으로 허리를 펴지 못하네
늙은 여자들의 등은 꼿꼿하게 구부러져 있고
주름에 대한 기억은 없는 듯 무심하네

퉁퉁 불은 손이 칫솔을 꺼내 들고
닳아 없어진 이를 닦고 있지 습관처럼
입속 뼈는 사라졌지만 가려움의 기억은 남아 있는지
사라진 뼈들의 흔적을 훑고 있네

틀니는 입에서 분리되어 물속에 가라앉고
연골은 여전히 흉터와 함께 등에 갇혀 있지

몸에서 뼈들은 빠져나갔지만 뼈의 이물감은 생생하지
아침 대중목욕탕 구부러진 잔상들이
희미한 뼈의 기억을 가득 담고 판타지처럼 떠다니네

어림 반푼어치 영역

갓김치가 택배로 배달되어 왔다
오는 도중 살짝 신 듯했다
아버지 밭에는 갓 심을 자리가 없는데
한쪽 귀퉁이가 벌어진 김치통에서 냄새가 흘러내렸다

잃어버린 퍼즐 조각 같은 귀퉁이 땅을 사지 못했다
정사각형 반듯한 땅에다 농사짓기 원했던 아버지의 집착
은 날로 커졌다

잘려 나간 귀퉁이 땅 주인은 조각가
좌우대칭이 맞아떨어지는 그 집과 한쪽 귀퉁이가 없는 삐
뚤삐뚤 아버지 집은
곧잘 비교 대상이다
아버지는 귀퉁이 땅을 사려고 사정도 해보고
동네 사람들과 몰려가 항의도 했다고 하는데

멋진 예술가는 아름다운 말투로
"어림 반푼어치도 없는 소리"

아버지는 가질 수 없는 땅에
모르는 척 씨를 뿌리고 모르는 척 침범하기 시작했다

교양 있는 조각가가 산책 나오는 날이면
괜한 헛기침을 하곤 갓을 만지작거리며
"아무짝에도 쓸모없는 잡초 같으니라고"

아버지는 집 옆 교양 있는 한쪽 귀퉁이 영역에
어떤 씨앗을 몰래 심고 있다

신경질 씨를 찾아서

자투리 공간의 신경질 씨는 어느 날
사라져버렸어요
날카로운 은빛 눈동자를 자랑하던 신경질 씨는
불친절한 말투를 뽐내던 구두쟁이 신경질 씨는
우리 동네 신발을 죄다 고친 마법사 신경질 씨는

겨울과 봄 사이 굳건히 지키고 있던 구두수선집
널려 있던 신경질 씨의 말투는 농담처럼 사라졌어요
지나가던 바람만이 자투리 공간을 태연하게 돌고 있어요

서예학원은 그대로인데
신발 든 손가락들의 어수선한 웅성거림이 되돌이표처럼
돌아오고
신경질 씨가 수놓은 신발들은 점점 닳아가고 있어요
보도블록에 새겨진 신경질 씨 표 문양이 희미해져가요
신경질 씨가 퍼뜨려놓은 몇몇 신경질이 공터를 갉아먹고
있네요

여름의 샌들이 다 닳기 전에 신경질 씨는 어디선가

불쑥 튀어나올 수도 있을까요
신경질 씨가 없는 동네에
신경질 씨 바늘 한땀을 아쉬워하는 사람들
신경질 소리가 연기처럼 퍼져만 가는데
신경질 씨가 기워놓은 신발들의 실이 바닥에 붙어
떨어지지 않으려고 안간힘을 쏟고 있는데

어떤 검은
조카의 일기장을 몰래 훔쳐본 그날

나자르*는 나랑 두살밖에 차이 나지 않는
어쩌면 이름도 몰랐을 소녀

가자 지구를
팔레스타인을
적신월사를 몰랐더라면
스마트폰이 없었더라면

여름은 힘껏 날아오르고 있었고
빨간 장미는 환하게 웃고 있었고
햇볕이 따끔거려 손등으로 눈을 가렸던

나는 죽어라 야자를 해야 하는 고3
검은 심장 같은 내 그림자에게
나자르 안녕,이라고 속삭였어요

줄장미가 철망 사이를 뚫고 나왔던
미세먼지도 없었고 바람도 불지 않았던
이름을 불러주고 싶었던 여름 아침이었다

나자르, 나자르

이것은 의문형으로 쓰였다

충돌 후 약 2분 뒤 신안호는 기관실 침수로 기관이 정지되었고 선장의 퇴선 명령에 따라 선원 16명 전원이 바다로 뛰어들었다. 그중 구조된 사람은 14명, 안타깝게도 2명의 행방은 확인되지 않아 실종된 것으로 추정하였다. 마산파출소 구복출장소장 등 2명은 태풍으로 인한 관내 피해 상황을 파악하기 위하여 마을 어선의 협조를 얻어 마산 구산면 일원 해상 순찰 중 어장 부이에 매달려 있던 선원 2명을 발견하고 구조하였다.

신안호를 들이받고 아무 조치도 하지 않은 로빈 보란자호의 선장은 배를 버리고 달아났다고 한다.

2002년 8월 31일 태풍 루사를 피해 정박해 있었고, 오후 4시 10분이었다.

그리고 아무도 죽지 않았다.

태풍도 없었고 충돌도 없었다. 설명할 내용이 아무것도 없다. 아니 모른다. '가만히 있으라'는 선장의 명령에 따라 승선자 476명 전원이 가만히 있었다. 그중 172명은 탈출하였고 9명은 아직도 세월호와 함께 기다리고 있다.

가만히 있었고 아무 조치도 하지 않은 세월호의 선장은

배를 버리고 달아났다고 한다.

2014년 4월 16일 인천에서 제주도로 가는 바다 위에 있었고, 오전 8시 50분이었다.

그리고 304명은, 304명은, 삼백네명은?

누구도 그 수심을 알 수가 없다.*

나비들만 날아다니는 공허가 있다.

* 김종삼 「민간인」 변용.

숨

너의 사원증을 며칠째 가방에 넣고 다녔다
사원증 속 너의 얼굴은 스크래치투성이 회색이다

반납해야 하는 사원증을 몰래 가지고 나와
비틀거리는 발들 사이로 던진 것일까

너의 사원증을 주워 든 순간
질문들이 쏟아져 내렸다
너의 입술이 쏟아져 내렸다
너의 증상이 쏟아져 내렸다

너는 전자칩이 내장된 사원증처럼 너를 증명해야만 했다
너는 감지되어야만 그 사무실 그 의자에 앉을 수 있었다
너는 우수한 아이디어를 뽑아내야만 투명 인간이 될 수
있었다
너는 부표처럼 나눠주던 식권을 뜯어야 일용할 양식을 비
열하게 증명할 수 있었다

지겨움의 아름다움은 우울의 경계를 넘지 못하고 따분함

의 환호를 이길 수 없었다

너를 뒤따라가던 중이었다
딱딱해진 너의 심장을 주웠을 뿐인데
딱딱한 눈꺼풀에 잠이 내려앉기 시작했다

안녕의 옥상

바이러스는 일상을 잠식했다,라는
메일을 여는 것으로부터 일상은 계속되었다

입과 코가 사라진 사람들과 이야기를 나누고
마주치지 않았던 눈들과 할 수 없이 마주치고
진행될 수 없는 업무를 이야기하고 눈의 기억으로 기록
했다

입이 사라지고 난 뒤 눈의 언어를 받아 적는 날들이 계속
되고 있다

사무실 옥상으로 모여드는 어젯밤의 냄새들
아주 오래된 시간이었으며 아침까지 이어지는 냄새였다

눈을 가리고 노래를 불렀다
옥상은 그럴 만한 충분한 이유이므로
당신의 우울을 생각하며 나의 절망을 희망하는 동안
인공눈물이 바닥났다

입과 코가 사라진 사람들을 내려다보는 옥상에선
퍽퍽한 눈의 잔상들이 떠다녔다
입과 코가 사라진 다음에야 말할 수 있었고 맡을 수 있
었다
온전히 인공눈물의 힘으로

늑대는 태어날 때 앞을 보지 못해 절망을 보지 못한다,라는
메일이 도착했다

××캐피탈 빌딩에 사는 천사에 대한 짧은 보고서

우리 빌딩에 그들이 숨어 산다는 사실을 알려드릴게요

꽉 찬 엘리베이터 안이나 빌딩 밖 금연 구역에서 담배를
피우고 있을
　그 잠깐의 시간만 볼 수 있어요
　그들이 담배를 피울 수 있냐는 항의는 그만두세요
　그건 쓸모없는 참견인걸요
　출근기에 사원증을 대고 들어가는 순간
　날개를 숨기고 전화기를 들어요

(지상에 사는 동안 그들의 특기는 빌린 돈 받아내기)

　전화기 속 그들을 악마라 하자 약속했어요
　돈을 언제 빌릴 수 있냐고요 돈을 언제 갚을 수 있냐고요
　그들에게 빌려주는 곳도 빌리는 곳도 없다는 것을 몰라요
　언제 대장이 내려와 자기를 데려갈까 손꼽아 기다리기만
하는걸요
　그 시간을 기다리며
　그들은 뚱뚱해지고 머리는 짧아지고 카드 빚은 늘어만 가

는걸요

　이제 위로 날아가는 길도 잃어버렸을지 몰라요

　햄버거를 먹거나 담배를 피우거나 소주를 마시거나 욕을
먹거나 아니면 토하거나

　한바탕 욕을 지껄이거나 자신의 손목을 그을 수도 있어요

　그건 천사가 아니라는 것을 주장하기 위한 거짓말이라고
들었어요

　계단에 쭈그리고 앉아 휴대폰에 대고 흐느낄 때도 있지
만요

　가끔 두 발이 허공에 둥둥 떠 있는 것을 발견하죠

　시간과 시간 사이 그들의 등에서 불편한 깃털이 떨어지는
것도 발견하죠

명랑한 밤

허리를 지탱하던 연골이 다 닳아 없어진 엄마는
허리 수술로 유명하다는 병원에서 MRA 사진을 찍는다

야간 검사 진료비가 더 싸다는 소문에
밤에 불 밝힌 병원에서 이리저리 뒹굴어 나온 결론은
팔십세의 뼈답지 않게 튼튼하다는 것이다
수술만 하면 괜찮다는 것이다

연골이 다 닳아도 엄마의 뼈 나이는 육십세다
점점 앞으로 구부러지는 머리를 두고도
육십이라는 숫자에 환한 목소리로 내게 수다를 떤다

삼백만원이나 되는 수술비를 마련하느라 또 등골이 내려
앉을
  나는 카드 무이자 할부 개월 수를 세어본다

허리가 나갈 만큼 허리 숙여 일만 했던 엄마는
  여전히 튼튼하다는 허리에 지그시 손을 대며
  여전히 일할 생각에 입꼬리가 슬며시 올라간다

명랑하고 카랑카랑한 엄마의 목소리에
뭔 부귀영화를 누리겠다고 허리 수술이냐는 말이
목울대에 걸려 안간힘 쓰고 있다

재미있게 산다는 것은 고통 없이 살 수 없는 것일 수도 있
다는데
나는 엄마와 밤새우며 질문 따위나 세고 있다

열여덟 봄은 날아가지 않고

트럭이 임대아파트 옆 그늘에 들어선다
짐칸에 가득 실은 마늘과 참외와 고추와 토마토와 양파와
함께
햇빛이 넘볼 수 없는 작은 공간에 목소리만 가득 들어찬다
처음 일터에 함께 온 교복 차림의 아들은
지극히 오랜 숨을 내쉬며 한뭉치씩 바닥에 내려놓는다
트럭에 쌓여 있는 저것들을 다 판다면

그러면 꼭 한번 가보고 싶은 수학학원을 다닐 수 있을까
해보고 싶은 스마트폰 게임을 할 수 있을까
먹어보고 싶은 아웃백 스테이크를 먹을 수 있을까
이런 것들은 평계라고 (소리치고 싶었다)

꼭 한번
내 친구 자리에 엎드려 가만히 친구 이름을 부를 수 있
다면
책상 귀퉁이에 몰래 '잘 지내?'라는 문장을 새길 수 있다면
의자에 눈물 한방울 얼룩처럼 스며들게 할 수 있다면
사물함에 마늘과 참외와 고추와 토마토와 양파를 살짝 넣

어놓고 올 수 있다면
　저 쌓여 있는 채소들을 다 판다면
　내 친구 냄새라도 느낄 수 있는 운동장을 꼭 한번 뛰어볼
수 있는
　눈빛처럼 환한 하늘을 꼭 한번 쳐다볼 수 있는
　학교에 꼭 한번 가보고 싶다고 (소리치고 싶었다)

　해결하지 못한 채소들은 한숨처럼 쌓여만 가고
　소년의 부모는 목소리 높여 단골을 부르고
　교복 입은 소년들은 투명 인간처럼 무심히 스쳐 지나간다
　매미가 엉덩이를 들이밀고 양파 망에 달라붙어
　울음소리를 남기고 날아간다
　열아홉 소년에게 신기루 같던 열여덟 봄은 날아가지 않고

실은 꿈에 관한 이야기

각자 메고 온 배낭엔 열무 상추 쑥갓 오이만 가득하다

고향으로 내려갈 땐 원대한 꿈이 있었다
나이 육십에 가진 것도 없는 아버지의 꿈은
팔십이 되었어도 여전히 원대하다

요즘 같은 시대엔 쌀농사가 제격인디

가져온 것이 고작 이것뿐이라는 말을 징검다리 삼아
엄마의 지독한 잔소리는 점점 부풀어가고
논밭의 값을 알지 못하는 나는 듣기만 한다

쌀농사 미련을 버리지 못한 아버지의 꿈은
시든 채소처럼 흐르고

마스크에 가려 부모님의 이야기는 흐지부지 사라지고
나는 쌉싸름한 향을 가난처럼 씹는다

부드러운 상추를 씹으면,

까끌까끌한 열무를 베어 물면,
텁텁한 쑥갓을 씹으면,
우툴두툴한 오이를 베어 물면,

서울에서 산 삶보다 시골에서 산 삶이 여전히 짧은
부모님의 하소연에
쓰다고 말 못 하고 쌉싸름하다고 말하는
늦봄이었다

자전하는 버스

　상계동에서 수유리까지 가는 1138번 버스를 처음 타던 십이월 낮 기운 없는 바람이 살살 불었다 다른 버스들이 무심히 지나쳐버리는 골목 구석구석 원 그리듯 도는 버스는 어지럼을 참지 못해 가끔 피식 한숨을 쉬며 멈췄다 창동 서울탁주 정류장을 지날 때 막걸리의 세월만큼 취한 냄새가 흘러 들어왔다 일정한 속도, 직각으로 흔들리는 수십개의 손잡이 덕에 나는 돌고 있어도 어지럽지 않았다 지구 밖으로 튕겨 나가지 않으려는 듯 윙윙 소리가 날아다녔다 정확히 수유리역에서 내려야 하는데 안내 방송이 온통 수유리역이라고 말하는 것 같았다 등이 기역자로 굽은 곱사등 노인이 올라온다 노인과 나뿐인 버스는 지구를 쉼 없이 돌고 돈다 버스 밖의 집들과 버스를 외면하는 사람들이 오래된 그림자처럼 내 뒤로 달아난다 집들이 쓰러진다 노인과 나는 넘어지지 않으려고 지구의 손잡이를 잡고 있었다 수유리역은 아직 멀었고 노인의 등은 점점 펴지고 나는 손잡이 모양으로 둥글게 돌고 있었다

사람의 시*

이제 모두 본 것을 이야기한다

빛이 있는 곳으로 힘껏 올라가는 빛들
신발과 가방은 저마다 다른데 얼굴은 똑같다

우리가 함께 지은 표정들이 쌓이면
다정한 약속이 곁에 있고

우리가 얼마나 가까이 있는지 아는 건
그 봄, 가장 깊은 일

당연하다고 여기는 일상들이
상자에 들어가는 순간 뜨거운 함성이 된다

멀리, 아주 멀리 있다고 해도
너에게 듣고 싶은 말

"이 앞으로 길이 생길 겁니다"

이제 모두 본 것을 듣기로 한다

가까이, 아주 가까이 있다고 해도
우리는 서로의 안부가 되고

"모두 모이면 한 사람이 완성됩니다"

이제 모두 이 이야기를 노래하고 싶다

모든 도착이 우리의 것임을 확인하기 위해
조금만 더 여기 있다가 가요

세상의 모든 이름인 너에게 하고 싶은 말

"모두의 낭독회 함께 있음"

꿈은 없고요
누군가 반드시 돌아볼 거라는 믿음만

슬픔으로 싸워서 이길 수 없다면
사람의 이야기를 끝까지 듣고 싶었다

이제 모두 함께 슬픔을 빛이라고 말하자

편지는 늘 이곳에서 왔다
잠들어도 길을 잃지 않고

돌아오길 반복하는 빛
사람의 말을 이어가는 시

* 304낭독회 제목으로 사용된 문장들을 바탕으로 씀.

물음표의 시간들

사람이 죽으면 각자의 달이 되어 하늘에서 내려다본다고
단 하나의 달이 보이지만 그것은 거짓이라고
눈동자를 한데 모아 자세히 보면
달의 개수는 점점 불어난다고 오래전 엄마는 얘기했다

엄마, 저 달이 무서워지고 있어
(순수하지 못한 별들이 섞여 있을 때가 그렇지)
어젯밤 분명 달이 하나였단 말이야
저렇게 많은 달이 나를 내려다보고 있다는 게 신기해
새벽이 가까워올 무렵이면 땅으로 내려와 환하게 달려올
것 같아
너도 한번 달이 되어봐, 라고 고래고래 소리칠 것 같아

엄마, 내 말 듣고 있어?
빽빽한 달 사이사이에 촘촘히 박혀 있는 저 울음들 보여?
더이상 들어찰 슬픔이 없어 삐져나온 어린 웃음을 도려내
는 저 달 보여?
동그라미는 달들이 사라지고 나서 그리면 안 돼?
(우리에게 필요한 애도와 위로는 동그라미만큼 떼어내고

이쯤에서 잘라내자)

　저기 좀 봐, 엄마
　어둠 속에 떠 있는 달 사이사이에 엄마의 시간이 촘촘히
박혀 있어
　저 운동화들 저 성적표들 저 케이크들 저 잔소리들 저 욕
들 저 핸드폰들이
　달이 박히는 숫자만큼 서서히 사라지고 있어
　깔깔거리는 저 달들과 함께 내 몸 반토막이 투명해지고
있어

　엄마, 내 말 좀 들어봐 고등어는 나중에 구우면 안 돼?
　(고등어가 뇌에 얼마나 좋은 생선인지 모르는구나)
　그럼 말이야, 구우려거든 울음의 시간만큼만 구워줘
　저 달들이 하나로 보이는 그 시간에게도

P는 그림을 걸고 싶었다*

미술관으로 가는 길은
오랫동안의 마음을 건드리는 일
가상과 현실을 오가는 회로

너는 내게 정면을 보인 적 없다
늘 등을 보이거나 옆모습을 보이거나
잠을 잘 수 있는 시간은 미궁 같은 존재

너의 꿈을 위해 너는
학교를 다니기 위해 아르바이트를 하고
공부를 하기 위해 아르바이트를 하고
희망을 찾기 위해 아르바이트를 하고
잠을 잘 수 있는 시간은
오로지 나와 함께 있는 시간뿐

스물의 너는 내게 얼굴을 보인 적 없고
그림 속 너의 모습은
바코드가 되어 깜박거린다

그림을 그리기보다는 그림값을 계산해야 하는
스물의 너에게는
일상을 지켜낸다는 것이 거룩한 일이다

* d/p에서 열린 전시회 「P는 그림을 걸었다」 변용.

제 4 부

하늘을 걷는 레드에게

다정한 총잡이에게

소녀가 웃는 얼굴로 손을 뻗어 하이를 외쳤지요 내가 본
건 오토바이를 탄 소녀였는데 소녀는 말을 탄 총잡이라고
우겼어요 어느 날 밤과 새벽 중간쯤이었을까 나를 보고 여
전히 하이를 외치고 아무렇지도 않은 듯 달아나려고만 했어
요 보안관이 화가 잔뜩 붙은 손으로 다정하게 소녀의 머리
를 눌러버릴 때 괴물이 나를 사랑한대요, 소녀는 깔깔거리
며 외쳤어요

소녀는 형형색색 말갈기를 부여잡고 달리네요 이랴 이랴,
붉은 사막을 심장이 떨리도록 달리네요 이랴 이랴, 신호등
이 바뀌는 찰나를 가로질러요 쳐다보는 이도 위험하다고 느
끼는 이도 없어요 그저 노래를 뿌리며 달리는 어여쁜 무법
자일 뿐 신기루를 일으켜도 비밀이 울어도

챙이 넓은 멋진 모자를 쓰고 싶었지만 그따위 것 없어도
본체만체 내달리는 소녀는 당당한 사막의 후예라는 걸 나는
총잡이에게 다정한 하이를 외쳤어요

사라지고 있는 어느 계절에 사직서를 쓰고 싶었다

봄이 되면 사직서를 쓰고
이름이 사라지고 있다는 가게를 하나씩 찾아가보고 싶었다
소식은 언제나처럼 순식간에 소멸한다

현수막이 가게 유리문 전체를 에워싸고 있다
사라지지 않고 이동했다고 어떻게든 표현하는 글자들
너트와 볼트를 돌리며 노동의 지루함을 서글퍼하던 손들은

친절한 지도를 펼쳐놓고 있다
여기에서 들리던 기계 소리는
다른 장소에서도 들릴 수 있어,라고 말하고 있다

뜨거운 여름, 깊은 한숨을 참지 못하고 회사 문을 박차고 나갔을 때
여전히 그곳에 있을 줄 알았던 빙수 가게가 사라졌다
친절한 지도가 도처에 있었지만 찾아갈 수 없는 골목들 사이에 있었다

익숙해질 줄 알았던 나의 착각은 가을이 지나도록 그대로
이다

당신의 이름은 이곳에서 지워진 지 오래라서
표정 없는 가게가 하나씩 늘어날 때마다
똑같은 간판이 생겨나는 이유를 들었다

맥주잔을 돌리던 사장님은 목소리가 사라지도록 외치고
있다
도무지 지나칠 수 없는 심정으로 시를 쓰는 사람과
사랑이라는 단어가 들어간 시를 읽었다

사직서는 쓰지 못한 채 계절에 파묻혀
왜 화가 나는지도 모르면서

정장을 입은 채로 파도에 맞서기보다는
파도와 함께 웃는 두 여자의 사진*을 보았다

여름 소리는 이제 들리지 않을 지경이고

겨울 소리는 다가오기를 망설이지 않는다

* 시르카리사 콘티넨.

또다시, 사춘기

아무도 보이지 않고 아무도 두렵지 않던
사방이 안개이던
두 발과 날개 달린 어깨가 허공에 떠올랐던
눈치라는 것은 욕지거리쯤으로 생각해버린
방정맞게 아름다운 춤을 추는 너의 애인에게
그리하여 높이 떠 있는 너의 옷자락에 흠집이라도 내리
라던
투명 망토를 두르고 고깔 쓴 사춘기라야만 가능했던 너의

푸드덕거리는 그림책을 씹어 먹는 상상을 하고
주머니 속 돌멩이를 아빠에게 던지는 포즈를 취하고
하늘에서 떨어진 너의 몸에 꽃 무더기 휘날릴 수 있는
아파트 지하 주차장 계단 입구에서 쪼그려 담배를 피우는
너의

그림자 극장이었던 사춘기 속으로 들어가자

그것은 다만 유령이 된 사춘기일 때만 가능한 일
그것은 다만 기억이 된 사춘기일 때만 가능한 일

그것은 다만 사춘기여야만 하는 사춘기의 시절

침묵이 쌓이는 시간들 네가 없는 어리둥절한 시간들
밥 한끼 함께 먹으려 했던 너의 사춘기로 되돌아가는 시
간들
한쪽 벽면에 교복이 거짓말처럼 박제되어 있는

구체적인 밤

불만이 이어지면 불면이 찾아온다

가로등이 없는 고속도로를 들어서면
밤이 구체적으로 보이기 시작한다는
이야기를 하고 있다

언제든지 사랑이 소멸할 수 있는 것처럼
언제든지 일상이 점멸하는 상황
가령

사원증을 잃어버리고 가을밤을 맞이하는 사람
겨울의 불안한 밤을 온전히 지켜내는 성명서들
날아다니는 성명서를 붙잡으려고 애쓰는 안간힘의 팔뚝들
그 힘으로 불안을 견뎌내는 증거들

달이 거짓말처럼 사라지고 있다면
불면을 보내는 밤이 길어지고 있다면
불만을 이야기해야 한다

디지털 신호에만 반응하는 노동자 둘의 낮은
거짓말처럼 사라지는 밤의
이야기를 하고 있다

대문이 자라는

아버지 집에는 대문이 없었어요
집을 지을 수 없는 밭에 집을 지은 일말의 양심이라나

오랜 세월 서서히 자란
포도 넝쿨이 대문이 되었어요
한해가 지날 때마다 살아 있음을 증명하려
스스로 집의 일부가 되었다지요

천식에 좋다는 수세미를 심은 자리에서는
무게를 이기지 못한 수세미가 길쭉하게 아래로 자랐는데
대문의 일부가 되어버려 다 익은 수세미를 딸 수 없다고

보랏빛 대문이 되었다가 푸른빛 대문이 되었다가 누런빛
대문이 되기도 해요

대문 색깔이 바뀔 때 아버지는 묘한 웃음을 보이며
'나의 대문'이라고 나직이 포도 넝쿨에 손을 갖다 대었
지요
연보라 손금들이 대문을 타고 올라가는 모습이 선명하게

보여요

　대문이 자라 지붕이 주렁주렁 열린 걸 보기도 해요
　아버지 집 지붕을 조금 떼어내 병에 담았어요
　보랏빛 술이 익으면 우리 집 대문의 일부가 되었으면 좋
겠어요

　아버지 집에는 대문이 계절마다 자라고 있어요
　집을 둘러싼 넝쿨들이 대문이 되어 자라고 있어요
　지금 아버지 집 대문은 자작나무 색이에요

요새

이곳에서 저곳으로 가는 한발은 일억년의 인연
걸음걸이부터 수상한 공룡을 생각해요
홀로그램을 안쪽부터 붙여주세요

벽을 통과하면 유령이 기다리는 버스가 있다고 하는데
장막을 여는 순간 연결될 것 같지만 확인하지 않았어요

왜 기다리냐고 물어볼 걸 그랬나요
선명한 외로움에 둘러싸여 있는 그의 등을 토닥이느라
할 이야기를 잊었어요

환상의 세계에선 실제로 보이지 않는 것들이 보이죠

날개를 파닥거리며 경계와 경계 사이에서 글자들이 날아
다니기도 하고요
버석거리는 모래를 삼킨 유령들이 환호성을 지르기도 하
지요
맨발로 복도를 따라 걷다보면 움푹움푹 꺼지는 불안들
물보라가 풍덩 소리를 낼 때 깔깔거리는 목소리들

언뜻 다정한 그림자가 보이거든요
홀로그램을 안쪽부터 끝까지 붙여주세요

심장이 뭉클뭉클하게 느껴질 때 공룡을 생각해요
조심조심 걸어가는 당신 서글픔 곁으로
흔들리며 뛰어가는 당신 무심함 곁으로
그럼에도 다시 돌아오는 용감한 마음에게
홀로그램을 바깥쪽부터 떼어주세요

이 기억은 우리만의 기억도 아니고 지구의 기억도 아닌
걸요
 가본 적 없는 곳을 그리워하는 어떤 발걸음에게
 두 팔을 활짝 펼치고 온몸으로 웃으며 당신을 바라보고
있어요

아버지는 판타지를 꿈꿨다

상상력을 사줄 수호신을 기다렸다, 다만 집에서

엄마가 공장으로 일하러 나간 사이 하나뿐인 방을 판타지 소굴로 만들었다

기타를 치고 노래를 부르고 방바닥에 배를 깔고 슬금슬금 시를 썼다

그런 아버지의 낭만이 미웠다 하나뿐이던 방도 하나뿐이던 마루도

없는 사람처럼 일만 하던 하나뿐인 엄마도

나풀나풀 가벼운 아버지는 집 밖으로 나가는 일이 거의 없었다 돈은 들어오게 해야 한다는 알 수 없는 신념에 가득 차 있었는데 일년 중 하루는 정성스레 양복을 다려 입고 나가 저녁에 들어왔다 한 손엔 작은 비닐봉지가 들려 있었다 소고기 반근과 미역 한움큼 철야하는 엄마를 기다리는 동안 아버지는 쌀을 안치고 소고기미역국을 끓였다 가장 판타지적인 공간에 아버지가 있었다

엄마는 하루도 빠짐없이 아버지를 욕했는데 그 하루만큼

은 아무 말도 하지 않았다
　　소고기미역국에 밥을 말아 코 박고 먹기만 했다
　　아버지는 옆에서 기타를 치고

　　팔순의 아버지는 여전히 일년 중 하루는 소고기 반근과
미역을 사고
　　팔순의 어머니는 여전히 일년 중 하루는 아버지 욕을 안
하고
　　아버지와 어머니는 그 하루의 판타지를 오십년째 기억하
고 있다

어떤 검은 2
기억의 전부

눈이 녹고 있는 흙길을 걷는다

한발 내디딜 때마다
발보다 큰 운동화는 질척한 흙을 떨치고 전진할 줄 몰랐다
양말을 뚫고 스며드는 눈과 흙의 감촉이 왜 그렇게 서러
웠을까

불안한 내 손이 양복 가장자리를 잡고 있었지만
아버지는 한 손으로 떨쳐내고 성큼성큼 기차역으로
시골 밤은 빨리 찾아왔고 아버지도 빨리 사라졌다

큰아버지네로 가는 길은 멀고도 멀었다
큰아버지 등을 보고 걷던 밤의 색깔에 더 슬펐다

목소리가 큰 나는 소리치며 울고 싶었지만
큰아버지 큰 키가 검은 밤처럼 무서웠다
더 무서웠던 건 큰집에서 기다리던 큰어머니의 눈초리

모든 기억이 검게 사라진 그날

나는 일곱살이었다

큰집은 형태만 남아 언제 먼지처럼 사라져도 이상하지 않
았다
큰아버지는 박제된 사진으로만 남아 있고
큰어머니는 나를 보고 큰 소리로 반가워하며 두 팔을 벌
렸다

큰어머니의 모든 기억이 사라진 자리에 나의 이름만 가
득한
나는 일곱살도 아니고 큰어머니의 두 팔도 낯설었지만
나의 일곱살에 대한 애도의 완벽한 모습이었다

하늘을 걷는 레드에게

종이에 너의 발바닥을 그리고 있어
레드는 지금 어느 골목의 지붕들을 어슬렁대고 있겠지

레드의 꼬리 모양은 ㄱ자야
아름답지 않니 ㄱ이라니
사라져가는 골목들을 찾아다니지

내가 소리 없이 가만히 웅크려 벽에 귀를 기울일 때
레드는 달의 그림자를 꼬리로 지우며 천천히 골목을 확장
해나가지

푸른 구름이 바닥을 굴러다니는 걸 본 적 있니

레드는 골목과 지붕 사이사이 숨어 있는 그림자의 꼬리
들을
조금 더 정교하게 숨기는 방법을 연구하지

멀리서 함성이 밀려오면 벽과 벽 사이로 숨어버리면 그만
소리만이 쌓이고 있는 산 아래 지붕들을 위해

명랑한 선언문을 외치며 어슬렁대는 모든 레드를 위해

미요우미요우
미요우미요우

우기

가스레인지에서 푸르뎅뎅한
매의 발톱이 올라와요

거뭇거뭇한 손이 창문을 두드려요
방바닥에 귀를 대고
오래된 기차 소리를 들어요
상처 입은 목소리가 들려요
마른 울음을 뱉고 있어요
거친 바람이 내 이름을 불러요
사람들이 헤어지고 있어요

수제비를 뜰 시간이에요

안녕의 노래

아기가 죽으면 정갈한 옷으로 갈아입히고
장례를 치르는 마을이 있다지
죽은 아이는 죽은 아이가 아니고 사랑스러운 아이
칠레 어느 마을의 작별 인사는 그렇게 노래가 된다지

노래가 사라질까 안개 속을 걸어가듯
조심스럽게 기억을 채집하는 사람들
손으로 만질 수 없는 채집된 노래에 슬픔이 묻어 있다지

멸종의 시간들은 노래가 되고
육체가 사라지면 영혼은 제자리를 찾고*

기억은 하는 것이 아니라 노래가 된다는 기도를 믿는 사
람들이 있다지
우리들의 안녕이 영원한 작별이 아닐지도 모른다는 생각
을 했어
지구 반대편 어디에선가 노래가 들려온다면 말이지

* 비올레타 파라 「아기 천사 린」.

사라지는 세상을 위한 시

양경언

1

유현아의 시에서 희망의 얼굴은 바닥에서 나타난다. 이 문장은 우리에게 여러번 해독되기를 요청한다. 먼저, '어제가 오늘 같고, 오늘이 내일 같다'는 생각이 들 정도로 변화 없는 일상을 살아가느라 "아무도 위로할 수 없는 절망의 바닥을 보았다"(「오늘의 달력」)는 시에서 '희망'이 나타난다고 할 수 있는지에 대한 설명이 있어야 한다. 이어서, 몸통을 가지고 있어 제가 필요한 곳으로 성큼성큼 다가갈 줄 아는 능동형의 희망이 아니라 얼굴만 있어 그것을 알아보는 사람에게 발견될 때야 드러나는 수동형의 희망을 '희망'이라 부를 수 있는지에 대한 풀이 역시 필요할 것이다.

차례대로 생각해본다. 유현아의 두번째 시집『슬픔은 겨

우 손톱만큼의 조각』의 전반부에 배치된 시편들에는 삶의 속성이 거칠고 사나울 수밖에 없다는 것을 일찍이 깨우친 이들이 하루하루를 어떻게 '견디는지', 징그러운 굴레처럼 느껴지는 삶을 대할 별다른 방도가 없는지 궁리하는 이야기가 담겨 있다. 이런 시에는 매일 달력을 넘기면서 "한 장을 넘겨보아도 똑같은 달의 연속"(「오늘의 달력」)이라며 지겨움을 토로하는 이의 답답함이 있고, 숨을 곳이 없으니 "출근하지 못해 안달 난 사람처럼 출근"(「식상」)을 해야 한다고 스스로 달래는 이의 애처로움도 있다. 여기까지만 말한다면 시가 '오늘'을 일컬어 "어제의 시간"(「표절」)의 표절로, 그러니까 딱히 특별하지 않은 것으로 인식하고 있는 것 아니냐고 여기는 이가 있을지도 모르겠다. 하지만 유현아의 시는 '오늘'에 대해 더 말한다. 오늘에 대한 궁리를 할 때도 어떤 자세로 임하는지에 따라 다른 이야기가 만들어진다는 것을 이미 알고 있기 때문이다.

「오늘의 달력」을 다시 떠올려보자. 우리에게 매일같이 닥쳐오는 절망이 우리의 시야를 밑으로 떨어뜨릴 때, 시인은 고개를 딴 데로 돌리지 않고 "아무도 위로할 수 없는 절망의 바닥" 바로 거기를 "버티"며 보기를 권한다. "바닥 밑에 바닥, 바닥 밑에 바닥이 있을 뿐"인 그곳을 쳐다보기를 포기하지 않는다면, 달리 말해 좀처럼 그 자리를 떠나지 않고 '버틴다면', "바닥에 미세한 금들이 소용돌이치는 것"을 발견할 수 있다. 무언가가 움직이는 기미가 포착된다는 것은 곧 움직이는 그곳이 변화할 가능성이 있다는 것. 오늘의 바닥으로부터 달아나지만 않는다면 우리는 얼마든지 바닥을 발판 삼아 "뛰어"오를 수 있다. "바다 밑에 바닥"을 '뚫어져라' 쳐다보면서 감지했던 "미세한 금들"이 내는 "목소리"는 어쩌면 절망하는 순간에 쳐다본 '바닥 밑에' "우글우글 숨어 있"던 "희망"의 실체였을지도 모를 일이다. 시는 '어제 다음 오늘' '오늘 다음 내일'과 같이 형식적으로 날짜만 바뀌는 것을 진전이라 착각하지 말고, 달력을 넘기는 횡적인 행위가 의미를 갖추기 위해서는 자신이 지금 있는 '오늘'의 "바닥"에서부터 "하늘 끝"까지를 가늠해보는 종적인 행위를 고려해야 한다고 말하는 것 같다. 그러니 오늘 우리에게 절망이 슬쩍 다가와도 놀라지 말고, 바닥이라 느껴지는 바로 거기에 발을 디뎌보자고. 그걸 제대로 해낼 때 우리를 마냥 집어삼킬 듯한 "슬픔"도, 바닥에서 멀리 떨어져 오히려 우리 있는 곳을 향해 희미하게 빛을 전하는 초승달과 같이 "겨우 손톱만큼의 조각"으로 있을 거라고.

오늘 닥쳐오는 절망으로부터 도망가지 않고 바로 거기에서부터 발을 디디며 살아가는 것이 곧 세상에서 제일 힘 있는 투쟁일 수 있다는 인식은 「식상」에서도 이어진다. 시는 "절망하기보다 불타오르기를 선언"하는 친구들을 떠올리며 하루하루 출근을 감당한다. 앞선 문장에 대해 '매일 하는 일인데 감당씩이나 해야 하나'는 의문을 가지는 사람은 아무도 없기를 바란다. 유현아의 시를 읽는 우리는 (집 밖이

든 집 안이든) 어떤 종류의 노동을 하든지 간에 하기로 한
일, 주어진 일을 잘해내려면 얼마나 큰마음을 먹어야 하는
지 짐작할 수 있는 이들이기 때문이다.

숨을 만한 "다락"도, "창고"도, "지하"도, "골목"도 없이
꼼짝없이 "출근하면서 시를 쓰는" 상황을 두고 시인은 "저
항을 담보로 앞으로 나아가는 것"이라고 말한다. 시는 '오
늘의 달력'을 제대로 넘기기 위해 절망의 바닥을 딛고 걸어
가는 사람을 '소시민적'이라고 낮추보지 않고, 하루하루를
살아내는 용감한 사람으로 본다. 이를 통해 생각해본다면,
우리가 살아가는 "지긋지긋한 나날들"에 포함된 행복은 마
치 '마쳐진 행복'처럼 절망을 억압해서 억지로 만들어낸 게
아니라, 통증을 동반한 채 "눈물"과 "불안"과 "우울"(「어느
지긋지긋한 날의 행복」)과 더불어 솟아난다고 할 수 있을 것이
다. 바닥을 디디며 걸어나가는 사람에게 통증 없는 행복이
란 환상이자 거짓이다.

유현아는 우리가 밟고 있는 지금 이곳의 바닥이 쩍쩍 갈
라져 있다 하더라도 거기에 그어진 금들을 다 밟으면서, 그
것이 일으키는 소용돌이를 죄다 겪으면서 가려는 사람이
다. 이런 시인이 그리는 희망의 속성은 당연히 수동적일 수
밖에 없다. 희망은 그것을 구하기 위해 애쓰는 사람이 없다
면 좀처럼 스스로 움직이지 않기 때문이다. 움직여야 하는
건 오히려 희망을 찾아 나서는 이들이다. 지긋지긋한 날들
이 뱉어내는 통증을 피하지 않는 이들, 절망의 바닥을 디디

면서 어떻게든 나아가려고 하는 이들 앞에서 희망의 얼굴
은 발견된다. 유현아의 시는 거칠고 사납기만 한 삶 곳곳에
우글우글 숨어 있는 희망을 찾아 하루하루를 충실히 살아
가는 모험에 기꺼이 임하고자 한다. 좀처럼 이 바닥을 떠나
지 않는다.

2

앞서 언급하기도 했거니와 유현아의 시는 우리가 딛고
있는 바닥의 힘을 믿는다. 시에서 그 힘은 바닥을 딛고 일
하는 사람의 건강성으로부터 발현되는 것으로 자주 그려
진다. 가령 "초코우유"를 마실 때 밀려오는 "시원하고 달달
한 슬픔"을 손에 쥐고 하루치 주어진 노동에 몰두하는 "쿠
팡맨"(「안녕과 함께」)의 안부가 등에 밴 땀으로 확인되는 상
황에서 시는 계단참에서 우연히 마주친 이와 직접 인사를
주고받는 일이 결코 사소한 게 아님을 넌지시 일러준다. 어
떤 시에서는 "계절을 앞서가며 미싱을 밟"느라 "아직도 토
요일"에 일하는 사람들이 "떠다니는 실밥과 먼지와 통증"
을 들이마신 그 입으로 "씩씩하게 명랑하게" 전하는 "아픔"
(「토요일에도 일해요」)의 이야기를 집중해서 듣는 자리를 마
련하기도 한다.

"집을 지을 수 없는 밭"에 집을 짓느라 대문을 따로 마련

할 수 없었던 "아버지"가 "오랜 세월 서서히 자란" 포도 넝쿨을 대문으로 삼고 그 곁에 "수세미"를 따로 심어 계절에 따라 다른 빛깔의 대문을 만들어낼 때를 노래한 시 「대문이 자라는」은 또 어떤가. 이 시는 땅에 뿌리를 내려야만 제법 삶다운 삶을 꾸릴 수 있는 '인간'이 땅과 연관된 존재들을 존중하는 과정을 통해 제 손으로 자신이 속한 곳을 정갈하게 가꾸는 노동을 할 때 모종의 경건함이 빚어진다는 것을 증명한다. "아버지 집 지붕을 조금 떼어내 병에 담"아 "보랏빛 술"을 담가둔 화자에게 술이 익어가는 시간은 '내내 자라는' "대문"의 내력을 떠올리는 시간, 노동을 통해 자연과 더불어 세상의 일부로 자리한 인간의 시간을 헤아리는 순간이기도 하다. 유현아의 시는 세상을 '세상답게' 만드는 노동이 온 세상 골고루 스며 있어 비로소 지금 세상은 '세상의 꼴'을 갖췄다고 말한다. 또한 그러한 세상이 유달리 사람들로 하여금 살맛이 나지 않도록 부정의하거나 불공평한 모습을 하고 있다면, 그마저도 거기에 스민 노동을 하는 이들로부터 모양새를 바꾸어낼 수 있다고 말하는 것 같다.

'노동'이란 말 자체의 가치를 알아보지 못하는 세상이라 할지라도 시는 그런 세상을 이루고 있는 것이 곧 노동이라는 사실을 좀처럼 중단되지 않는 형상의 노동으로 나타낸다. 유동 인구가 적은 길을 다닌다고 해서 노동을 쉴 수는 없는 버스와, 그것을 타고 다니는 이들이 버스 손잡이에 의지해 살아가는 풍경을 담은 시의 일부를 읽는다.

상계동에서 수유리까지 가는 1138번 버스를 처음 타던 십이월 낮 기운 없는 바람이 살살 불었다 다른 버스들이 무심히 지나쳐버리는 골목 구석구석 원 그리듯 도는 버스는 어지럼을 참지 못해 가끔 피식 한숨을 쉬며 멈췄다 창동 서울탁주 정류장을 지날 때 막걸리의 세월만큼 취한 냄새가 흘러 들어왔다 일정한 속도, 직각으로 흔들리는 수십개의 손잡이 덕에 나는 돌고 있어도 어지럽지 않았다 지구 밖으로 튕겨 나가지 않으려는 듯 윙윙 소리가 날아다녔다 (…) 노인과 나뿐인 버스는 지구를 쉴 없이 돌고 돈다 버스 밖의 집들과 버스를 외면하는 사람들이 오래된 그림자처럼 내 뒤로 달아난다 집들이 쓰러진다 노인과 나는 넘어지지 않으려고 지구의 손잡이를 잡고 있었다 수유리역은 아직 멀었고 노인의 등은 점점 펴지고 나는 손잡이 모양으로 둥글게 돌고 있었다

—「자전하는 버스」 부분

시에서 "1138번 버스"는 "다른 버스들이 무심히 지나쳐버리는 골목 구석구석"을 돌아다니며 자신이 들러야 할 정류장을 빼먹지 않는 책임감을 보인다. 쉴 새 없이 움직이느라 "어지럼을 참지 못해 가끔 피식 한숨을 쉬"기도 하지만 이런 버스의 움직임 덕분에, 정확히 표현하자면 '버스'로 환유된 버스 운전사의 노동 덕분에, 버스를 탄 누구도 "어

지럽지 않"다.

시는 자신에게 주어진 노선을 따라가는 버스와 여기에 타고 있던 사람들을 일컬어 충실하게 중력을 따라 움직임으로써 "지구"를 "쉼 없이" 돌아가게 만드는 이들로 그려낸다. 많은 이들의 눈에 잘 띄지 않더라도, 지구 곳곳에는 이처럼 지구가 자전할 수 있도록 열심히 지구를 굴리는 다수의 "버스"가 있는 것이다. 그러므로 "노인과 나"가 "넘어지지 않으려고" 붙든 버스 손잡이는 (노동하는 사람들에 의해) 끊임없이 뒤척이는 지구 위에서 균형을 잡기 위한 "지구의 손잡이"가 된다.

많은 이의 노동이 지구를 움직이게 만든다는 상상력은 유현아의 시에선 때때로 일하는 사람들의 신발에 주목하는 방식으로 표현되기도 한다. 「2년」에는 "지하철 바닥에 모인 신발들"을 보며 그 신발의 주인들이 "동동거리"고 "엉거주춤"하면서 "출근하는" 장면이 나온다. 이 시를 읽을 때면 독자의 머릿속에는 신발들의 동선이 절로 그려질 것이다. 지하철은 언제나 그렇듯 "신발"들을 그이들이 움직일 곳에 정확하게 내려놓을 것이다. 거기서부터 출발한 신발들은 힘차게 바닥을 디디며, 지구를 굴리며 나아갈 테다. 자신에게 주어진 하루치의 노동을 감당하고, 퇴근길에 다시 지하철로 돌아올 것이다. 모두의 신발이 제 몫의 움직임을 행할 때 세상은 매번 다음 아침을 맞이한다.

그런데 신발의 움직임을 좇다보면 지금 세상이 모든 신

발의 노동을 공평하게 대우하는 것 같지만은 않다는 사실과도 직면하게 된다. 시는 "청소하는 슬리퍼"가 "어제"부터 "그만 나오기로 했"다거나, "주차 관리 하는 운동화도 그만 나오기로" 한 상황에서 "내일 출근하는 신발들 중 몇몇"이 보이든 말든 개의치 않고 "사무실을 왔다 갔다 하는 운동화와 슬리퍼"가 있는 현실을 드러낸다. 지하철에 모인 신발들만 봐서는 모두가 같은 높이의 바닥을 디디고 있다고 할 수 있지만, 지금 세상의 구조는 이들 사이를 갈라내는 결과를 만들어내는 것이다. 시는 어떤 신발들의 움직임이 '2년'으로 제약된 세상, 그렇게 "사라져버린 구두와 슬리퍼와 운동화의 생사 따윈" 방관하는 세상, 오히려 그런 현실을 몰라야만 저 자신의 생활이 유지될 수 있다고 착각하는 '신발들'이 묵묵하게 제 일상 안으로만 고개를 파묻으려는 세상 한편 쓸쓸하게 멈춰 있는 "한짝"의 "운동화와 슬리퍼와 구두"까지도 조명한다. 신발들이 딛고 있는 바닥은 처음엔 모두에게 공평히 주어져 있었다는 점을, 신발의 주인 모두가 같은 곳에 함께 있던 사람들이라는 점을 상기시킨다.

그러니 누구 하나가 사라졌다면 그 자리는 무엇에 의해 빈자리가 되었는지 따져봐야 한다. "전자칩이 내장된 사원증"만으로 그것을 가지고 있던 동료의 얼굴을 떠올리는 이의 한숨이 서린 시 「숨」에서와 같이, 이번 시집에 수록된 작품 중 상당수는 모두를 평등하게 대우하지 않는 세상이 잃어가고 있는 게 무엇인지를, 상실을 계속해서 부추기는 세상이 과연 제대로 된 세상인지를 강하게 묻는다. 그에 대해 얘기할 차례다.

3

유현아의 시는 세상의 동력을 가시화하는 만큼이나 급격히 사라져버린 (혹은 사라지고 있는) 세상의 일부를 시적 현장의 한가운데로 집요하게 불러들인다.

시인의 첫 번째 시집 『아무나 회사원, 그밖에 여러분』(애지 2013)의 「안녕하세요, 신경질 씨」에 등장했던, 투덜대면서도 장인의 손길을 발휘해 많은 이의 발에 활기를 불어넣었던 '구두수선집의 신경질 씨'도 「신경질 씨를 찾아서」에 의하면 "어느 날" "사라져버렸"다. "기워놓은 신발들"만 남겨둔 채, "겨울과 봄 사이 굳건히 지키고 있던 구두수선집"과 함께 사라져버린 것이다. 무슨 일일까. 다음 시를 통해 짐작해본다.

아파트 그림자는 거대한 괴물의 식탐처럼 낮은 지붕의 가게들을 집어삼키고
공가 딱지가 붙은 가게의 벽들은 날개를 펼치며 기하급수적으로 복제되고 있다

나의 단골 가게들이 하나둘 서서히 땅속으로 꺼지고
있다
　어둠이 각질처럼 켜켜이 쌓여 있는 버스 정류장에서
　낯선 동네의 이방인처럼 버스를 기다린다

　사라진 동네의 버스 정류장은 어정쩡하게 흔들리고
　익숙한 손을 기다리던 고양이는 터덜터덜 어둠을 횡단
하고 있다

　　　　　　　　　　　　　　　——「어쩌다 버스 정류장」 부분

　'내'가 사는 동네의 버스 정류장이라면 제 손바닥 들여다
보듯 익숙해야 하지만, 어쩐 일인지 시에서 "정류장"은 마
냥 "어정쩡하게 흔들"리는 어색함만 만들어내고 있다. 동네
의 익숙한 버스 정류장이란 화자에게 더는 존재하지 않는
것 같다.
　시에서 화자가 잘 아는 풍경, '우리 동네'라 부를 만한 풍
경은 이제 사라지고 없다. "단골 가게들"도, 동네를 배회하
던 "고양이"도 모두 잘 보이지 않는다. 화자가 살던 동네가
재개발 명분을 내세워 과격하게 탈바꿈되고 있기 때문이
다. 천편일률적인 모양새를 한 거대자본의 가게들이 들어
올 채비를 하는지 "공가 딱지가 붙은 가게의 벽들"이 늘어
나고, 거대한 "아파트"가 지어져 그늘을 드리우고 있다. 이
런 흐름 속에 오래전부터 이 동네에서 살던 사람들의 삶과

이야기는 전혀 고려되지 않는다. 오히려 이들은 그곳에 머물 돈이 없다는 이유로 사라지기를 강요받는다. 동네 구석 "자투리 공간"에서 신발을 고치던 신경질 씨도 아마 이와 같은 방식으로 사라진 것 같다.

자본주의 체제가 밀어붙이는 도시 재개발은 삶의 터전을 '삶의 터전'답게 채워나갈 것을 목표로 삼지 않는다. 그보다는 집이나 건물을 이윤 추구의 수단으로, 자본가의 탐욕을 채우기 위한 상품으로 전락시킨다. '재개발'이란 허울에 쫓겨 살 곳을 잃은 원주민들은 하나둘 동네를 떠나고, 자의든 타의든 남아 있기로 한 사람들은 이해관계가 얽혀 분열된다("찬성과 반대의 깃발들이 서로 골목을 등지고", 「반쪼가리 태양」). 어떻게 살아갈지 방도를 찾지 못해 어둡고 막막한 상태에 빠지는 이들도 있다("늦은 햇빛이 죽자고 덤벼들 때 눈을 감는 것처럼/웅크린 집은 햇빛 바깥으로 사라진다", 「웅크린 집」). 와해되어가는 공동체에 깃드는 햇빛은 자본이 건설한 동네의 형태에 따라 조각조각 나뉜 까닭에, 그곳에서 빛은 더이상 모두에게 평등하게 주어지지 못한다("해는 조각조각 나뉘어 더이상 올라올 힘이 없는 동네", 「반쪼가리 태양」).

시인은 도시 재개발 사업이 빠르게 해체시키는 삶 터전의 적나라한 실상을 고스란히 지켜본다. 나고 자란 곳이 외부의 강압에 의해 사라졌다는 것은 그곳에서 축적해왔던 삶의 내력이 상처 입었다는 것, 훼손된 정서를 어루만져줄

안정적인 기반을 잃었다는 것. 이 상실을 대리할 수 있는 건 아무것도 없다(유현아의 시에 가끔 우울이 깃들고 자주 비애가 내려앉는 이유 역시 어쩌면 내내 상실을 품고 살아가야만 하는 조건에 처한 삶에서 찾을 수 있는지도 모른다).

유현아의 시가 사라진 이를 대놓고 찾아내거나(「어떤 검은」은 이스라엘군 저격병의 총알을 맞고 숨진 간호사 "라잔 나자르"를 조카의 일기장을 경유해 불러낸다), 어떤 이들이 사라져버린 자리를 역으로 드러나게 하여 그이들의 부재를 곧 세상이 끝까지 기억하고 해결해야 할 과제로 삼도록 만들 때(「이것은 의문형으로 쓰였다」는 사건이 일어났던 2014년으로부터 십여년의 세월이 흐른 지금까지도 304명이 왜 목숨을 잃었는지 진상규명이 제대로 되지 않고 있는 '세월호 참사'를 많은 이들에게 다시금 각인시킨다), 이는 우리가 앞으로 무엇을 잃어버리지 말아야 하는지, 그러기 위해서는 어떻게 해야 하는지 스스로 묻기를 중단치 말 것을 요청하는 작업으로 이해할 수 있다. 시는 자신의 의지와는 상관없이 상실을 겪은 이가 허무에 빠지지 않도록 그 상실을 아무렇지 않다고 여기는 세상에 똑바로 맞서게 한다. 지금 세상이 잃어버린 것이란 고작 수치로 환산할 종류의 무언가가 아니라 구체적으로 숨 쉬며 살아가던 삶이라는 걸, 지금 세상의 일부였던 동시에 지금 세상을 넘어선 각각의 세계 그 자체였다는 것을 알린다.

「질문들」 연작은 사라져가는 것을 그저 사라지게 두는 세상의 관성이 정말 괜찮은지를 따져 묻기 위해, "듣는 사람이 사라진" 세상이라 해서 "누구나 있었지만 아무도 없었다고" 함부로 기록해서는 안 된다고 주장하기 위해 세상과 정면 승부를 펼치듯 쓰인 작품들이다. 우리가 원치 않는 상실을 안기는 세상은 우리의 "슬픔"이 드러나지 못하도록 봉인하려 들지만, 시는 이 슬픔을 앞으로 드러날 "함성"과 같은 것으로 대한다. 요컨대 "겨우 손톱만큼의 조각" 크기일 뿐인 슬픔에도 그 슬픔이 만들어지기까지의 기나긴 시간이 포함되어 있다고 말한다.

유현아는 상실이 습관으로 자리 잡는 세상에선 "언제든지 일상" 역시, 세상 그 자체 역시 "점멸"할 수 있음을 알리는 일로부터 물러서지 않는 곳에 있고자 하는 것 같다(「구체적인 밤」). 이렇게 씌어지는 시를 일컬어 상실을 막아서기 위한 성명서가 쓰이는 자리에서 태어난 시라고 불러도 될까. 세상에 의해 잊히고 사라지기를 강요받은 삶을 보듬어 올릴 수 있는 바닥에서 좀처럼 발을 떼지 않는 시인이 여기 있다. 사라진 이들을 그냥 사라지게 두지 않기 위해 시로 싸우는 시인이 여기에.

梁景彦 | 문학평론가

오지 않는 꿈이었다

내가 발 딛고 있는 곳은
사라지는 곳
기억에만 있는 곳

여전히 출근하고
날마다 퇴사를 꿈꾸면서도
사라지고 있는 골목들을 걷는다
살아나고 있는 말들을 기억한다

다정한 사람들 덕분에 살아가고 있다
그래서 슬픔은 겨우 손톱만큼인 걸,

오늘도 아름다움을 꿈꾼다

2023년 여름
유현아

창비시선 491

슬픔은 겨우 손톱만큼의 조각

초판 1쇄 발행/2023년 7월 28일
초판 2쇄 발행/2023년 8월 29일

지은이/유현아
펴낸이/강일우
책임편집/이해인 한예진 박문수
조판/황숙화
펴낸곳/(주)창비
등록/1986년 8월 5일 제85호
주소/10881 경기도 파주시 회동길 184
전화/031-955-3333
팩시밀리/영업 031-955-3399 편집 031-955-3400
홈페이지/www.changbi.com
전자우편/lit@changbi.com

ⓒ 유현아 2023
ISBN 978-89-364-2491-6 03810